U0087821

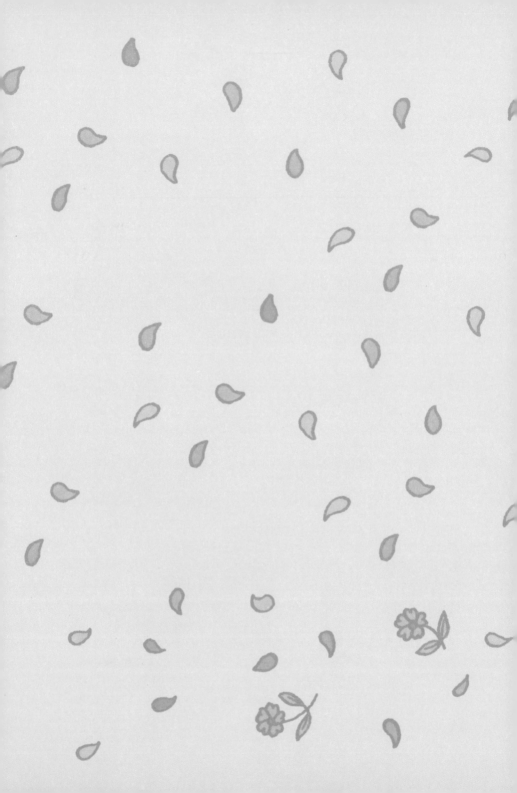

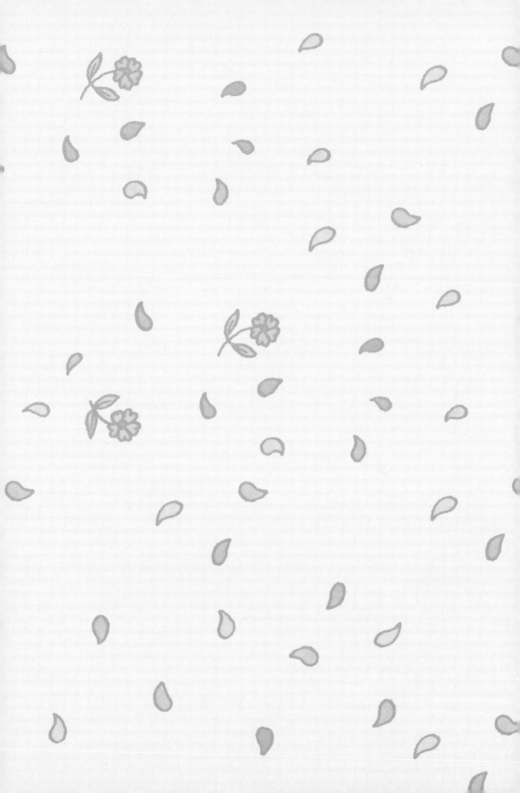

你會愛上月亮莎莎的五個理由……

快來認識牙齒尖尖又
超可愛的月亮莎莎！

她的媽媽用魔法把玩偶
「粉紅兔兔」變成真的了！

你跳過
芭蕾舞嗎？

莎莎的家庭很瘋狂唷！

神祕迷人的
粉紅 X 黑色
手繪插畫

你喜歡跳舞嗎？ 跳舞
的時候， 你的心情
感覺如何？

喜歡 ♥
感覺自己很厲害，
像大明星一樣。
（地方小女兒／7歲）

我愛到爆！跳舞超級開心，
開心到無法感覺的
那種開心！
（圓姐／9歲）

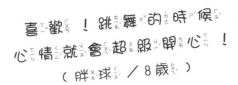
喜歡！跳舞的時候
心情就會超級開心！
（胖球／8歲）

超喜歡跳舞！
我覺得跳舞很好玩！
（朵朵／6歲）

喜歡啊。我就是
感覺很開心而已。
（阿紫／8歲）

喜歡！跳舞的時候
感覺很潮！
（斯拉／6歲）

月亮莎莎家族

我ㄨㄛˇ媽ㄇㄚ媽ㄇㄚ
寇ㄎㄡˋ蒂ㄉㄧˋ莉ㄌㄧˋ亞ㄧㄚˋ・月ㄩㄝˋ亮ㄌㄧㄤˋ
伯ㄅㄛˊ爵ㄐㄩㄝˊ夫ㄈㄨ人ㄖㄣˊ

甜ㄊㄧㄢˊ甜ㄊㄧㄢˊ花ㄏㄨㄚ寶ㄅㄠˇ寶ㄅㄠˇ

我ㄨㄛˇ爸ㄅㄚˋ爸ㄅㄚ
巴ㄅㄚ特ㄊㄜˋ羅ㄌㄨㄛˊ莫ㄇㄛˋ ・ 月ㄩㄝˋ亮ㄌㄧㄤ
伯ㄅㄛˊ爵ㄐㄩㄝˊ

我ㄨㄛˇ ！
月ㄩㄝˋ亮ㄌㄧㄤ莎ㄕㄚ莎ㄕㄚ

粉ㄈㄣˇ紅ㄏㄨㄥˊ兔ㄊㄨˋ兔ㄊㄨ

國家圖書館出版品預行編目資料

月亮莎莎看芭蕾／哈莉葉‧曼凱斯特 (Harriet Muncaster) 文圖;黃筱茵譯.－－初版二刷.－－臺北市: 弘雅三民,2022
面; 公分.－－（小書芽）
譯自: Isadora Moon Goes to the Ballet
ISBN 978-626-307-324-1 （平裝）

873.596   110014846

小書芽

月亮莎莎看芭蕾

文　　　圖	哈莉葉‧曼凱斯特
譯　　　者	黃筱茵
責任編輯	林芷安
美術編輯	黃顯喬

發 行 人	劉仲傑
出 版 者	弘雅三民圖書股份有限公司
地　　址	臺北市復興北路 386 號 (復北門市)
	臺北市重慶南路一段 61 號 (重南門市)
電　　話	(02)25006600
網　　址	三民網路書店 https://www.sanmin.com.tw

出版日期	初版一刷 2021 年 10 月
	初版二刷 2022 年 9 月
書籍編號	H859660
I S B N	978-626-307-324-1

弘雅三民圖書

月亮莎莎

看芭蕾

哈莉葉·曼凱斯特／文圖

黃筱茵／譯

三民書局

獻給世界上所有的吸血鬼、仙子和人類！
也獻給愛跳芭蕾舞的妮可拉。

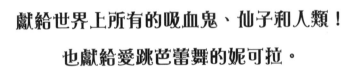

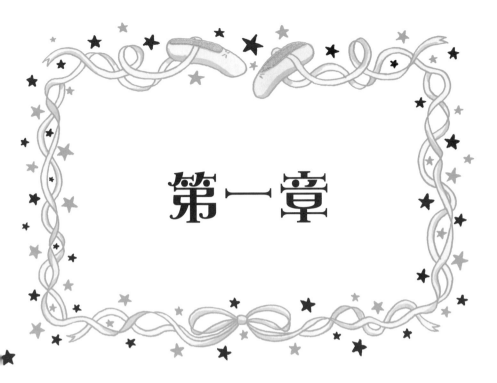

第一章

　　我是月亮莎莎！這是粉紅兔兔，他是我最好的朋友。我們總是一起做所有的事。

　　我們最喜歡的事情包括：在夜晚的星空下飛行、用我的蝙蝠圖案茶具組開亮粉茶會，還有練習芭蕾舞。

　　我們最近一直在練習芭蕾，也常常表演給爸爸和媽媽看。我發現爸爸的吸血鬼披風很適合拿來當舞臺的布幕！尤其是黏上銀色星星亮片的披風，看起來真的很美，不過我不確定爸爸是不是也這麼認為。上次他看到自己最好的披風被我用來當作舞臺的布幕時，他好像有一點……生氣。

　　「披風上都是星星！」爸爸抱怨。「我又不是巫師，我可是吸血鬼欸！吸血鬼才不穿星星披風！」

　　我覺得有點愧疚，好在媽媽一揮仙女棒，星星就全部消失了。因為媽媽是一名仙子，才有辦法做到這種事。而且，就是媽媽用魔法幫我把粉紅兔兔變成真正的兔子。

「跟全新的一樣囉！」她說，接著坐在粉紅兔兔和我為觀眾準備的椅子上。爸爸也坐了下來，我的小妹妹甜甜花寶寶則坐在他的膝蓋上。大家都等著我們開始表演。

「好了，」一站到沒有星星的布幕後方，我就小聲的對粉紅兔兔說。「你記得你的動作嗎？」

粉紅兔兔點點頭，接著做了一個完美的「迎風展翅」——以單腳直立，另一腿優雅向後伸的姿勢。最近他的芭蕾舞越跳越好了，我對他比了一個讚。

「我們開始吧！」我輕聲說。

我們一起用華麗的「凌空跳躍」從布幕後面跳了出來，爸爸和媽媽為我們鼓掌歡呼。

粉紅兔兔開始踮起腳尖旋轉，我則穿著亮晶晶的黑色舞衣不斷轉圈。

「太棒了！」爸爸喊著。

「真是迷人！」媽媽說。

媽媽揮舞仙女棒，讓粉紅色的
花瓣灑落在我們的身上。

　　表演結束時，我行了一個深深
的屈膝禮，粉紅兔兔對大家鞠躬。
爸爸和媽媽再度為我們歡呼，就連
甜甜花寶寶也開心的拍著她胖嘟嘟
的小手。

　　「表演真是太精彩了！」媽媽
說。「而且你們好專業唷！」

　　穿著時髦條紋西裝背心的粉紅
兔兔，自豪的挺起胸膛。

「有一天，你們兩個都會成為芭蕾舞團的首席舞者！」爸爸說。

「我也希望！」我說。然後和粉紅兔兔一起優雅的踮腳穿過房間，隨著爸爸和媽媽下樓到廚房去吃早餐。

現在是晚上七點，不過我們家向來都吃兩頓早餐，早上吃一頓，傍晚再來一頓。因為白天是爸爸的睡覺時間，他通常都在傍晚出發去夜間飛行前吃早餐。

「我想跟塔蒂安娜・蓬蓬一樣！」我一面說，一面在土司上塗上花生醬。全世界我最喜歡的芭蕾舞者就是塔蒂安娜・蓬蓬了。

雖然我從沒見過她本人，但是只要她上電視，我一定會收看。

我還有一本特別的剪貼簿，裡面貼滿了她的照片。我會從雜誌上把她的照片剪下來，用星星亮片和銀色亮粉來裝飾。

我房間的牆上還貼著一張塔蒂安娜‧蓬蓬的大海報。海報上的她身穿閃亮耀眼的黑色芭蕾舞裙，頭上戴著她著名的鑽石星星頭飾。她的黑色芭蕾舞裙看起來像吸血鬼仙子會穿的 …… 就跟我的芭蕾舞裙一模一樣！

「如果妳一直認真的練習芭蕾，有一天一定會跟塔蒂安娜·蓬蓬一樣厲害！」爸爸一面倒了一杯紅色果汁，一面微笑著說。爸爸只喝紅色果汁，因為這是吸血鬼的最愛。

「對呀，」媽媽說。「只要一直練習，將來有一天，我們也許能去真正的劇院，看妳和粉紅兔兔表演喔！」

粉紅兔兔興奮的蹦蹦跳跳，他最大的心願就是在真正的舞臺上跳舞。他甚至比我還想當一名芭蕾舞者呢！

　　第二天上學時，我把和粉紅兔兔表演芭蕾舞給爸媽看的事，告訴我的朋友們。

　　「聽起來好好玩喲！」柔依說。「我可以去妳家，然後我們再一起表演一次嗎？我可以穿我的粉紅舞衣，扮演《胡桃鉗》裡的糖梅仙子喔！」

「我可以穿我的白色舞衣，扮演跳舞的雪花仙子。」莎曼莎一臉夢幻的說。

「我要當這場表演的英雄。」奧立佛插嘴。「我會戴面具，穿黑色的披風！」

　　「中場休息時間通常會有小點心，」布魯諾建議。「我們可以發餅乾給觀眾。」

　　「或是冰淇淋，」薩希說。「表演的中場休息時間就應該吃冰淇淋才對。」

　　「我愛冰淇淋！」柔依大喊。

　　這時候，櫻桃老師走進教室。櫻桃老師是人類學校裡的老師，她人很好唷。

　　櫻桃老師不介意我是吸血鬼仙子，她對待我的方式跟對其他人一模一樣。

　　「大家早安，」老師說，一面對著教室裡的我們微笑。「今天我要宣布一個振奮人心的消息唷。」她發給每個人一張通知單。

「我們要去校外教學，」老師說。「去看表演！」

「看表演！」柔依說。「我們剛才還在討論要扮成舞者自己表演呢！」

「嗯，你們現在有機會去看真正的演出了。」櫻桃老師說。「我們要去看《愛麗絲夢遊仙境》的芭蕾舞表演！」

我開始心跳加速。芭蕾舞表演耶！我們要去看一場真正的芭蕾舞表演！

「你們要把通知單拿回家，請爸爸和媽媽簽名。」櫻桃老師說。「我們還需要幾位家長幫忙，在校外教學時擔任志工。」

「中場休息時間有餅乾可以吃嗎？」布魯諾喊著。

「我想應該會有冰淇淋。」櫻桃老師說。

「我就說吧。」薩希低聲說。

「有一位知名的芭蕾舞者會扮演白兔先生唷，」櫻桃老師繼續說。「對芭蕾舞有興趣的同學，應該有聽說過她的名字。她叫塔蒂安娜‧蓬蓬。」

「塔蒂安娜‧蓬蓬！」我大喊一聲，然後從椅子上跳了起來。

塔蒂安娜‧蓬蓬

　　全班同學都轉過來看我。

　　「沒錯，」櫻桃老師說。「莎莎，看來妳一定知道我說的是誰囉。」

　　「我知道。」我稍微降低自己的音量，突然發現全班都盯著我看，於是很快的紅著臉坐下，覺得尷尬極了。

但粉紅兔兔好像完全不覺得尷尬。他忍不住輕輕跳了一下，耳朵還動個不停。塔蒂安娜・蓬蓬要扮演**兔子**，這個消息讓他樂不可支。

我一回到家，馬上把通知單拿給媽媽。

「幫我簽名！」我說。「快點！不然我就沒辦法參加校外教學了啦。」

「等一下喔，」媽媽說。「莎莎，讓我好好看一下通知單的內容。上面說學校需要志工家長一起參加校外教學耶。」

「對呀，」我說，開始覺得有點擔心。「但是，妳和爸爸不能當志工啦！」

「為什麼不能？」媽媽追問。

「我們可以當志工呀！我和爸爸能多參與妳的學校活動，這樣不是很棒嗎？」

「但那是在白天耶，」我說。「是爸爸的睡覺時間。」

「那倒是真的，」媽媽說。「好可惜唷！」

我一點也不覺得可惜。事實上，我鬆了一口氣。可是，當天傍晚爸爸下樓吃早餐的時候，他似乎對校外教學很感興趣。

「我願意當志工！」他興致勃勃的說。「我可以破例！把筆給我吧！」

我把筆藏在背後。

「我說真的，你們兩個不必都來參加啦……」我開口。

可是媽媽用仙女棒迅速一指，「參加」那一欄立刻變出一個魔法勾勾。

「好興奮唷！」她說。

　　校外教學那天我很早就醒了，不過沒有粉紅兔兔來得早起。我張開眼睛時，他已經起床了，還在房間裡跳來跳去，練習他的屈膝和踮腳旋轉。

　　「今天我們就要見到塔蒂安娜・蓬蓬了！」我興奮的說，然後直接跳下床，開始換衣服。

　　我穿上最漂亮的外出服，然後拿出粉紅兔兔的小西裝背心。

　　「你穿這件！」我跟他說。「看芭蕾舞時，正式的穿著可是很重要的。」

　　我幫粉紅兔兔穿上西裝背心後，我們一起飛下樓吃早餐。

　　「早安！」媽媽說。她已經起床了，正忙著餵甜甜花寶寶喝粉紅牛奶。「我等一下要先把甜甜花送去保姆家，」她說。「我跟你們在學校會合喔，妳可以跟爸爸一起走路過去。」

　　「沒問題。」我說，開始吃起早餐。

　　我看著媽媽在廚房裡輕快的飛來飛去，把所有嬰兒用品迅速打包

進袋子裡。接著她到了走廊，將甜
甜花寶寶放進嬰兒車。

　　「莎莎，晚一點見囉！」媽媽
走出門時喊著。

　　我繼續坐在桌前吃早餐。媽媽
和甜甜花寶寶都不在，屋子頓時變
得很安靜。

　　「真希望爸爸趕快下樓。」我對粉紅兔兔說。他擔心的抽動著鼻子。

　　但是爸爸一直沒出現。這時，我的腦中出現了一個可怕的想法。

　　「希望他沒睡過頭，」我說。「我們差不多該出發了耶！」我和粉紅兔兔一起從餐桌前跳開，飛到樓上。

　　我用力敲著爸爸和媽媽的房門，不過沒人回應，我只聽見房內傳來打呼的聲音。

　　「喔，糟糕。」我小聲說著，並把門推開。

　　爸爸正戴著眼罩躺在床上，房裡所有的窗簾都拉上了。

　　爸爸睡得很熟。

「爸爸！」我慌張的朝他大喊。「快起床！我們要出發去校外教學了！」

「什——」爸爸突然驚醒，直挺挺的坐在床上。他扯掉眼罩，滿臉驚慌的四處張望。

「校外教學，」我說。「就是今天！」

「喔，不會吧！」爸爸沮喪的哀號著。「我睡過頭了！」

「沒關係，」我說。「如果你在五分鐘內準備好，我們還是可以準時抵達學校。」

「**五分鐘**！」爸爸震驚的說。「我不可能在**五分鐘**內準備好呀！光是整理頭髮就要花上至少半小時耶！」

我嘆了一口氣。吸血鬼對自己的外表非常挑剔，他們永遠都要看起來頭髮滑順、儀容整齊。

「哎呦，我們不能遲到，讓所有的人等我們啦！」我很嚴肅的告訴爸爸。

粉紅兔兔和我又回到樓下。我穿上自己最時髦的披風。我們在門口等了五分鐘，可是爸爸還是沒有現身。「爸爸！」我大喊。「該出發了啦！」

　　「好啦，好啦，我來了。」爸爸發著牢騷，出現在樓梯頂端。他看起來一點都不像我爸爸 —— 他的頭髮到處亂翹，腳上還穿著不成對的襪子。

　　「我的老天！」他下樓時還一邊抱怨著。「這還真不是吸血鬼該醒著的時間。」

　　我打開前門，接著我們三個踏出門，迎向外頭冰冷的空氣。我們一起走過花園小徑，穿過大門後再沿著馬路走到學校。

　　我們沒辦法走得很快，因為爸爸一直停下來望著路邊車窗上自己的倒影。

「我得梳一下這撮頭髮，」他解釋著。「還有這撮。」

終於，有一個男人生氣的降下車窗對爸爸大吼，叫爸爸不要再盯著他看。爸爸害怕的往後跳一步。

「我想，還是等我們到學校再整理頭髮好了。」他一邊說，一邊把梳子收起來。

我們抵達學校時，媽媽已經到了。她穿著一件亮粉紅色的螢光背心。櫻桃老師正忙著在點名板上打勾。

「太棒了！」老師說，對著教室裡的所有人露出笑容。「大家都到了！」她翻找著自己的大包包，從裡頭掏出另一件亮粉紅色的螢光背心遞給爸爸。

「你得穿上這件背心，月亮先生，」老師說。「這是基於安全考量，這樣孩子們才能隨時看到你在哪裡。」

爸爸看起來嚇壞了。

「我不能穿那個，」他抗議。「它跟我的穿著不搭！」

「別傻了，」媽媽悄悄的對著爸爸說。「穿上就對了。」

爸爸穿上背心，不過他看起來不是很開心。

「我看起來好滑稽，」他用鼻子噴著氣說。「和吸血鬼的形象一點也不合。」

櫻桃老師收好點名板，拍了拍手要大家安靜下來。

「大家都準備好了嗎？」老師問。「該出發囉！」

我們開始跟著老師走向門口，可是我發現爸爸卻往反方向走。

「我得把頭髮梳好才行，」他解釋。「你們先走吧。我會趕上你們的！不會超過一分鐘！」接著他便消失在通往洗手間的路上。我們其他人跟著櫻桃老師走出學校，朝小鎮中央的火車站前進。

每個人都很興奮，周遭充斥著嘰嘰喳喳的聊天聲。我特別興奮，因為我以前從來沒有搭過火車。

「我真不敢相信，妳竟然沒搭過火車！」柔依說。她走在我旁邊，也握住粉紅兔兔的一隻手。

「**每個人**都搭過火車！」

「我沒有。」我告訴她。「因為我們家不管去哪裡，幾乎都是用飛的。」

火車站很大，外觀灰灰的，裡頭非常吵鬧。一列列火車看起來就像巨大的鋼鐵毛毛蟲在沿著軌道爬行。

媽媽看起來好像不是很開心，她的仙子翅膀有點下垂。

「花朵呢？」媽媽問。「森林呢？所有大自然的可愛生命都到哪裡去了？」

她用仙女棒指著幾個固定在月臺牆上、空空的灰色吊籃。說時遲，那時快，鮮豔的粉紅色花朵立刻從吊籃裡迸出，如傾瀉的瀑布般從籃子邊緣垂落而下。

「這樣好多了。」媽媽微笑著說。她再度揮舞仙女棒。

這一次，月臺上到處都長出了青草。

「嘿！」一位車掌大喊。他朝我們這邊走來，一邊揮舞著剪票機。「妳在做什麼？」

「我只是……」媽媽開口說，可是一列火車在我們身旁停下來的轟隆聲蓋過了她的聲音。

「大家快點！」櫻桃老師說著，匆匆把所有人都趕進車廂裡。在車掌走到我們這一車前，老師就按下關門鈕了。

柔依把我拉到一排雙人座位上。我們在火車開始駛離車站時坐了下來。

身在一個巨大的、喀噠喀噠作響的金屬車廂裡，我覺得好興奮。粉紅兔兔和我盯著車窗外看，一間又一間的屋子和一棵棵樹木從我們眼前一閃而過。

「火車簡直像在飛耶！」我對柔依說。

正當我們一面聊天，一面欣賞風景時，櫻桃老師在車廂內來回走動，再次點名。

「我只是要確認一下所有人都上車了。」老師說。

結果，除了爸爸以外，大家都上車了。

「喔，糟糕，」我對柔依說。「我還以為爸爸已經趕上我們了呢。我猜他最後還是來不及參加校外教學了。」

就在這時候，粉紅兔兔開始在我的膝蓋上不安的動來動去，還用手指著窗外。他好像在天空中看見了什麼東西。

「粉紅兔兔，怎麼了？」我問。「你看到什麼？」我們抬頭望向天空，瞇起眼睛。

「那是一隻鳥，」賈斯伯說。「一隻亮粉紅色肚子的大黑鳥。」

「嗯，」我說，更用力的瞇起眼睛看。「我覺得那不是鳥耶……我想……」

「是妳爸爸！」柔依高聲叫著。「他正朝我們飛來耶！」

　　我們看著爸爸飛得更近，他的吸血鬼披風在身後飛揚。吸血鬼飛行的速度很快。沒過多久，他就已經飛到火車旁，對著窗戶裡的我們微笑。

　　「是莎莎的爸爸耶！」全班都
發出驚呼聲。大家紛紛在車廂裡站
了起來，伸手指向他。「快看！」

　　「感謝糖梅仙子的保佑！」媽
媽總算放鬆的嘆了一口氣。

「喔，我的天啊！」櫻桃老師緊張的用手抓著喉嚨。「那樣不安全吧！」

「別擔心，」媽媽說。她湊近櫻桃老師，輕輕拍了拍她的腿好讓她安心。「我的先生很有飛行天分！」

爸爸繼續跟在火車旁邊飛行，直到我們抵達下一站。接著他走進車廂，在其中一個座位上一屁股坐下。

「呼！」他說。「我今天的運動量已經達標了！」

全班都發出歡呼聲，櫻桃老師則露出一個筋疲力盡的微笑。

第三章

　　我們到達劇院時，我緊緊握住粉紅兔兔的手。入口非常擁擠，我覺得渾身又熱又癢。四周都是互相推擠又吵雜的人群。看來我們得排隊排上好一陣子。

　　「喔，天啊！」媽媽說。她很不習慣待在狹窄又擁擠的地方。

　　她揮舞了一下仙女棒，喚來一股涼風圍繞著我們。

　　爸爸忙著欣賞牆上芭蕾舞者的海報。

「這些男士們看起來真文雅！」爸爸一臉佩服的說。「他們的穿著就像吸血鬼一樣優雅又整齊。那一位先生甚至還披著披風呢！」

「大家不要走散！」櫻桃老師喊著，再度拿出她的點名板。

「我想要買糖果。」布魯諾指著一個攤子說。

「我也要買！」奧立佛說。「我媽媽給了我一些零錢買東西吃！」

櫻桃老師一點完名，我們全都湧向糖果攤。媽媽也給我錢，讓我買了一包我最喜歡的人類糖果──星星巧克力。柔依則用零錢買了一些酸酸的水果雪寶糖。

「我要來買一些長條草莓軟糖，」爸爸宣布。「這是除了紅色果汁以外最棒的食物。」

等大家都買完糖果後，我們跟著櫻桃老師走上樓，穿過一扇深色的小門。

「歡迎來到劇院！」老師說。

我驚訝得嘴巴都闔不起來。

我們現在置身在一座**超巨大**，而且金碧輝煌的劇院中。觀眾席上是一排接著一排的絨布座椅，一路延伸到劇院後方，甚至還高達好幾層樓。在寬敞的場館最前方是一座掛著布幔的舞臺。一切都看起來十分豪華。

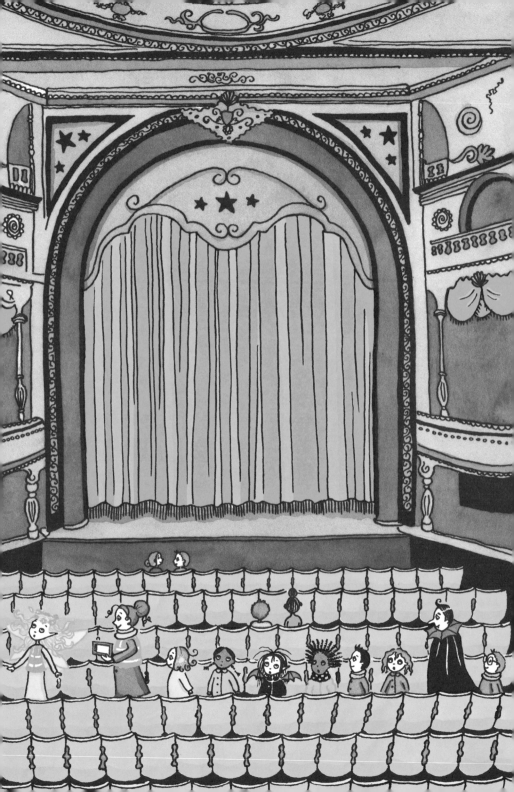

　　櫻桃老師帶領著我們走到觀眾席中央的一排座位，我們全都坐了下來。

　　「我等不及看到芭蕾舞者了！」柔依說。

「我也等不及了！」我說，並把一顆星星巧克力塞進嘴裡。「而且我等不及要看塔蒂安娜‧蓬蓬！粉紅兔兔也超期待！」我伸出手，想把粉紅兔兔抱到膝蓋上，這樣他才能看到舞臺……但我卻沒摸到軟綿綿的粉紅色手掌……

我低頭往下看。

什麼也沒有！

我全身發冷，開始感覺皮膚有點刺痛。

「嗯……」我放下那袋星星巧克力，突然覺得身體很不舒服。「粉紅兔兔到哪裡去了？」

柔依皺起眉頭。「他不見了嗎？」她問。「我們買糖果前他還在的呀！」

「我明明握著他的手！」我驚慌失措的說。「我一定是在選星星巧克力的時候不小心放掉他的手！他一定在人群中走丟了！」我從椅子上站起來。

「我得去找他！」我對柔依說。「可憐的粉紅兔兔一定會很害怕的！」

我急忙沿著座位，朝媽媽和劇院入口處的門走去。

　　「妳要去哪裡？」我走近時，
櫻桃老師問。「莎莎，請妳回到座
位上。表演馬上就要開始了。」

　　「我有事要跟我媽媽說，」我
回答，迅速經過老師身邊。「這是
緊急狀況！」

「怎麼了？」我走到媽媽身邊時，她問我。

「是粉紅兔兔！」我手足無措的說。「他不見了！」

「不見了！」媽媽擔心的說。「這是什麼意思？」她站起來牽著我的手。我們一起離開觀眾席。

相較於劇院裡昏暗的燈光，入口大廳的光線感覺好明亮。

現在這裡已經沒什麼人了，因為大部分的人都已經進去表演廳裡找座位了。

媽媽和我四處尋找著粉紅兔兔的身影，但我們到處都找不到他。他不在糖果攤，不在洗手間，也不在驗票櫃臺附近……

他會在哪裡呢？

我們在劇院入口的大廳一直繞來繞去，可是完全沒有看見他。

「粉紅兔兔！」我驚慌的大喊。「粉紅兔兔，你在哪裡？」

「他會不會在外面呢？」媽媽提議：「我們去找看看！」

　　我們走出劇院大門，可是我的雙眼早已充滿淚水，看不清楚自己正往哪裡走。

　　「坐著休息一下吧！」媽媽說，抱了我一下。「莎莎，別擔心，我們會找到粉紅兔兔的。他不會走太遠的。」

我們一起坐在劇院門外的階梯上，呼吸著冬天的冰冷空氣。媽媽用一張粉紅色的仙子衛生紙幫我擦眼睛，卻弄得我整張臉都是亮粉。

「糟糕，」媽媽說。「拿錯衛生紙了！」

我們坐在階梯上時，我發現離劇院主入口幾公尺有一扇小門，門上的告示牌寫著：

我心底再度浮現了希望。

「媽媽，妳看！」我用手指著告示牌。「粉紅兔兔會不會到那裡去了？」

媽媽一臉懷疑。

「不太可能吧，」媽媽說。「那是演員和舞者在演出前做準備的地方。我想粉紅兔兔應該沒辦法進去。」

「說不定他跟著其中一位舞者進去了？」我滿懷希望的說。「我覺得我們應該去看看，至少去確認一下。」

「好吧。」媽媽說。

我們一起飛到門邊，接著推開門。門沒鎖，不過有個男人坐在門後的櫃臺。

「嘿！」他說。「妳們不能進來這裡，只有表演者可以走這個入口。」

「喔，糟糕，」媽媽有點慌張的說。「我們只是……嗯……是一

隻粉紅色的兔子啦，你知道……他很特別，而且年紀還很小……」

當媽媽還在嘰哩咕嚕的講一長串關於粉紅兔兔的故事時，我悄悄溜過櫃臺，跑到後面的房間。

　　後臺不像觀眾會進入的劇院，這裡看起來一點也不富麗堂皇。在我前方是長長的灰色走廊，兩側有許多扇門。

　有些門上標示著名字，可是我沒有停下來仔細看。

　我踮著腳靜悄悄的從那些門前經過，我繞過掛芭蕾舞衣的衣架、一箱舊芭蕾舞鞋，一直走到走廊的盡頭，然後彎過轉角……

　粉紅兔兔就在那裡！

　他獨自站在走廊正中央，看起來不知所措。

　「喔，粉紅兔兔！」我一把將他擁進懷裡，給他一個超級大擁抱。

　「我還以為我永遠找不到你了！」我說。

「發生什麼事？你是不是弄錯方向，跟錯人了？」

粉紅兔兔點點頭，靠在我的脖子上。

「謝天謝地，我找到你了！」我說，把他從懷裡放下來。「我們現在得趕快回座位了。我們可不想錯過演出！」

粉紅兔兔握著我的手，我們開始沿著走廊往回走。

突然，一陣啜泣聲讓我們停下腳步。聲音是從離我們最近的一扇門後傳來的，那扇門上有顆大大的銀色星星。裡頭的哭聲聽起來非常悲傷。

「喔，糟糕，」我輕聲對粉紅兔兔說。「我們該怎麼做？」

粉紅兔兔用他軟綿綿的粉紅色
手掌指向出口，不過我搖搖頭。

「我們不能直接這樣離開啦，」我低聲說。「在別人難過的時候直接離開不太好，我們應該看看自己能不能幫上忙。」

粉紅兔兔驚恐的往後跳一步。

「來嘛，」我對他說。「我們勇敢一點。」

我舉起手敲了敲門，房裡的啜泣聲立刻停了下來。過了一分鐘左右，門開了，一位美麗的女士從門縫向外看。我只能看見她灑上銀色亮粉的眼睛，還有她戴著的一副假睫毛。

「哈囉？」她吸著鼻子說。

「哈囉，」我小聲的說，突然覺得很害羞。「我們只是想知道……妳……妳還好嗎？」

那位女士淚眼汪汪的微微一笑，眨了眨長長的睫毛。她把門開得更大一點，所以我們可以更清楚的看見她。

她的頭上戴著一對白兔耳朵，身上穿著白色緊身衣和黑色絲絨西裝背心，而且她還用單腳站立。

　　「白兔！」我倒抽了一口氣。「妳是塔蒂安娜‧蓬蓬！」

　　「對呀！」她說。「我是塔蒂安娜‧蓬蓬，你們是誰？」

　　「我是月亮莎莎，」我告訴她。「這是粉紅兔兔。」

　　粉紅兔兔把手掌放在背後，驕傲的挺起胸膛。塔蒂安娜‧蓬蓬很感興趣的盯著他看了一會兒，然後又把門開得更大一點。

　　「你們想不想進來一下？」她問我們。

　　粉紅兔兔和我溜進房裡，塔蒂安娜‧蓬蓬把門關上。

我四處張望，驚訝得倒抽一口氣。這個房間光彩炫目極了，牆上有一面大鏡子，鏡子四周環繞著璀璨的燈泡，天花板上還垂吊著一排又一排的閃亮舞衣。

　　而塔蒂安娜・蓬蓬的梳妝臺上放著的，便是那出了名的鑽石星星頭飾。

　　「哇！」我深吸一口氣，盯著頭飾看。「好漂亮喔！」

　　「如果妳想的話，可以戴戴看。」塔蒂安娜・蓬蓬說。她拿起頭飾，將它戴在我頭上。

　　我照著鏡子，把頭轉來轉去，看著鑽石在燈光下閃耀著光芒。我的笑容也越來越大。

「很適合妳耶！」塔蒂安娜‧蓬蓬笑了。接著她的表情變得比較嚴肅，我才想起我們為什麼到這裡。我摘下頭飾，小心翼翼的把它放回梳妝臺上。

「妳剛才為什麼在哭呢？」我問她。

塔蒂安娜‧蓬蓬嘆了一口氣，看起來很傷心的樣子。

「我的腿受傷了，」她指著自己抬起的那條腿解釋。「我在來劇院的途中絆倒了。本來以為應該沒事，可是現在我的腿很痛。我不確定今晚能不能跳舞，而且現在也來不及找其他舞者來代替我表演。這樣演出只能取消了。」

「什麼？」我倒抽了一口氣。

塔蒂安娜・蓬蓬點頭，一滴眼淚沿著她的臉頰流下。「對呀，都是我的錯，我讓大家失望了。」

「喔，才不是！」我說。「跌倒又不是妳的錯。我就一天到晚跌倒呀！沒有別的辦法可以讓演出照常進行嗎？」

「也不盡然，」塔蒂安娜・蓬蓬說。「只是《愛麗絲夢遊仙境》不能沒有白兔，對吧？」

「我想是吧……」我難過的回應著。

「其他舞者們也都很失望，」塔蒂安娜・蓬蓬繼續說。「這就是為什麼現在後臺這麼安靜。通常這個時候所有人都會忙成一團，期待演出開始。可是現在，這條走廊空無一人！」

我點了點頭。塔蒂安娜・蓬蓬望著她更衣室牆壁上的時鐘。

「演出應該現在要開始了，」她說，亮晶晶的眼睛冒出淚水。「舞臺經理很快就得上臺宣布節目取消。」

她伸手擦去眼淚，然後吸了一下鼻子。

「喔，天哪，」我說。「真希望我可以想到什麼辦法來幫忙。」

粉紅兔兔在我身旁蹦蹦跳跳，還在空中揮舞著他的雙手。

　　塔蒂安娜・蓬蓬和我都轉身看著他。他以「凌空跳躍」的舞步跳過房間，又踮起腳尖做了一個完美的旋轉。他像真正的芭蕾舞者一樣以趾尖站立，接著深深的一鞠躬。

　　「喔，」我說。「等一等！我想到一個主意了……」

第四章

媽媽和我回到劇院的位子上時，柔依很擔心的盯著我看。

「妳沒找到他！」柔依說。「粉紅兔兔在哪裡？」

「別擔心，」我對她說，坐回自己的座位。「我找到他了，不過……他很忙。」

「很忙？」柔依說。「那是什麼意思？」

「是驚喜！」我說。「妳等一下就會知道是怎麼一回事了！」

柔依一臉困惑，可是她沒有繼續問下去。「好吧……」她很懷疑的說。

我們又小聲的聊了一會兒，但接著劇院的燈光暗了下來，觀眾席也變得一片寂靜。管弦樂團開始演奏，巨大的絲絨布幕升起。

柔依和我忍不住驚嘆——舞臺看起來不再像舞臺，而是一座美麗的花園。花園中央有一棵樹，上頭開滿宛如泡泡般的粉紅色櫻花。扮演愛麗絲的芭蕾舞者正坐在其中一根樹枝上。

她穿著白色舞衣，淡金色的髮上束著黑色髮帶。櫻花的花瓣從樹上如雨點般灑落，一切都閃閃發光。這時音樂突然變快，白兔先生從舞臺左側跳了出來。

　　只不過這隻兔子不是白色的……

　　那是一隻小小的粉紅色兔子！我的粉紅兔兔！

　　他在舞臺上看起來好小。我突然替他感到十分緊張，不過同時也非常驕傲。

　　粉紅兔兔穿著他的條紋西裝背心，踮著腳走過舞臺。他一邊看著手中的懷錶，一邊往前跳。

　　「遲到了！遲到了！遲到了！」音樂彷彿這麼說著。

　　粉紅兔兔蹦蹦跳跳的經過櫻花樹時，扮演愛麗絲的舞者從樹梢上跳下來，跟在他身後。

　　他們一起繞著花園布景跳舞，在漫天櫻花花瓣間旋轉、跳躍。

　　「莎莎，」柔依輕聲說。「那是……那是……？」

　　「是粉紅兔兔！」我悄悄回答她。「是他沒錯！」

　　「哇！」柔依驚呼。「他太厲害了！」

我們看著粉紅兔兔以趾尖旋轉著，然後消失在舞臺上的一個洞裡。愛麗絲跟著他一起跳進洞後，舞臺上的一切開始產生變化 —— 樹不見了，原本的牆和地板也全變成黑白相間的格子圖案。突然間，粉紅兔兔和愛麗絲吊著繩索，從天花板往下墜落。

　　粉紅兔兔看起來一點也不害怕，因為他已經很習慣和我一起在空中飛翔！他到達地面後，用優雅的舞步離開舞臺，仍繼續瞄著他的懷錶。

　　節目繼續演出，我們看著舞臺上的布景一次又一次的改變──有一座魔法森林，裡頭有隻巨大的毛毛蟲；接著又出現一座花園，舞者們扮成許多令人目不暇給、五彩繽紛的花朵，跟著愛麗絲一起跳舞穿過舞臺。

接下來是一場茶會，出場的有一個瘋帽匠，還有一隻亮晶晶、嘴角掛著笑容的粉紅色條紋貓。當然啦，還有粉紅兔兔！他不時會現身在舞臺上，跳著舞，轉著圈，並到處蹦蹦跳跳。

「實在是太神奇了！」柔依說。這時布幕降了下來，現在是中場休息時間。

「真的！」我馬上附和。

觀眾們開始聊天，我們周圍的人都站了起來，紛紛往洗手間移動，或者到外面吃些點心。

「你有看到那隻小粉紅兔嗎？他實在是太令人驚豔了，對吧？」我聽見身後一個男人說。

「對呀！」另一個男人說。「我實在搞不懂他們怎麼能把他做得那麼小，簡直像是魔法一樣！」

「他真是位優秀的舞者！」另一個人也讚許著。「他是這場演出的明星！」

「而且把他設計成粉紅色，實在是太有創意了！」附近一位女士說。「《愛麗絲夢遊仙境》裡的兔子通常是白色的吧！」

我揚起一個大大的笑容。粉紅兔兔太了不起了，我覺得好驕傲。

這時候，爸爸、媽媽和我的朋友們把我團團圍住。

「莎莎，」爸爸說。「舞臺上的兔子真的是粉紅兔兔嗎？」

「他怎麼會在舞臺上呀？」布
魯諾問。

「對呀，莎莎，到底發生什麼
事了？」薩希說。

　　我在中場休息時間結束前，盡可能的把這一切的來龍去脈說了一遍。因為我一直忙著解釋，甚至沒有時間吃櫻桃老師發給大家的那一小盒草莓冰淇淋。

　　「哇！」我的朋友們一起發出驚嘆。

　　「粉紅兔兔真棒！」爸爸說。

　　「我一直覺得他很有天分呢！」媽媽說。

　　我開心的環視著身邊每一個人，嘴角露出了微笑。

　　下半場的演出比上半場短一些。我們看著舞臺變成一座更魔幻的仙境。愛麗絲、粉紅兔兔，還有其他的舞者在臺上不斷舞動、旋轉著，他們身上豔麗繽紛的舞衣也在燈光下閃閃發光。

　　表演結束時，所有舞者們都登上舞臺。他們全體一起鞠躬，觀眾們則鼓掌歡呼著。扮演愛麗絲的舞者行了一個屈膝禮，大家的掌聲也更加熱烈。

　　我注意到其中一位舞者將粉紅兔兔輕輕推到舞臺前方。

　　粉紅兔兔鞠了一個躬，接著所有觀眾們突然都站了起來，又是跺腳，又是吶喊，並再次大聲歡呼。

　　這時，媽媽揮舞仙女棒，一束玫瑰花在空中「砰」的一聲爆開，花朵散落在粉紅兔兔周圍。

　　「太棒了！」觀眾大喊。「他太神奇了！」

粉ㄈㄣ紅ㄏㄨㄥ兔ㄊㄨ兔ㄊㄨ挺ㄊㄧㄥ起ㄑㄧ胸ㄒㄩㄥ膛ㄊㄤ，我ㄨㄛ看ㄎㄢ得ㄉㄜ出ㄔㄨ來ㄌㄞ他ㄊㄚ非ㄈㄟ常ㄔㄤ開ㄎㄞ心ㄒㄧㄣ。他ㄊㄚ身ㄕㄣ上ㄕㄤ的ㄉㄜ粉ㄈㄣ紅ㄏㄨㄥ色ㄙㄜ也ㄧㄝ變ㄅㄧㄢ得ㄉㄜ特ㄊㄜ別ㄅㄧㄝ亮ㄌㄧㄤ麗ㄌㄧ！

　　厚厚的絲絨布幕降下來後，劇院裡的燈光再度亮起。每個人都從座椅上站起身，準備回家。

　　「我們得等粉紅兔兔才行。」我對櫻桃老師說。

　　「當然沒問題。」老師回答。

　　我們等了好一陣子後，粉紅兔兔才跟跛著腳的塔蒂安娜・蓬蓬一起從後臺出現。

　　「對不起，讓你們等這麼久！」塔蒂安娜・蓬蓬說。「大家都想要找粉紅兔兔簽名！」她低下頭對粉紅兔兔露出微笑。

　　「他實在是太棒了！」她說。「他是這次演出的明星！我們真的很感謝他，也很感謝莎莎把他借給我們！」

　　她拿出一個用閃亮的包裝紙包著，上面還綁著緞帶的盒子。

　　「這是要給你們的禮物，謝謝你們的幫忙！」她解釋。「今天妳和粉紅兔兔真的拯救了我們！」

　　「謝謝妳！」我紅著臉說。

　　「不客氣！」塔蒂安娜·蓬蓬說。接著她舉起一隻手，跟我們揮手道別。

　　回程的火車旅途感覺很漫長。跳了一天舞的粉紅兔兔累壞了，整段車程他都蜷縮在我的大腿上呼呼大睡。

　　我很想拆禮物，但媽媽不讓我這麼做。她把禮物收進包包裡。

　　「等妳回到家再拆吧，」她說。「不然這樣對其他人好像不太公平。」

　　柔依和我一邊聊著表演的事，一邊望著窗外逐漸變暗的天空。小小的雪花開始從天空飄落，看起來彷彿是一個個正在轉圈圈的小芭蕾舞者。

「真希望將來有一天，我也能成為芭蕾舞者。」我幻想著說。

「我也是。」柔依說。

我垂下頭看著粉紅兔兔，輕輕摸了摸他的耳朵，他正安詳的睡在我的膝蓋上。

「今天能看到粉紅兔兔站在舞臺上實在是太棒了！」我說。「我一點也不後悔。可是……可是……沒有看到塔蒂安娜‧蓬蓬跳舞，感覺還是有點失望。我真的好想看她跳舞唷！」

　　「我相信將來有一天，妳一定
會看到的。」柔依向我保證。

　　等我們到車站時，天已經黑
了。大家一起走回學校後，我朋友
的爸爸媽媽們也陸陸續續來接他們
回家。

「剛才是最後一位了！」爸爸說完，在點名板上打勾勾。

「太好了！」櫻桃老師說。「月亮先生和月亮太太，真的很感謝你們願意來幫忙。」

「不用客氣！」爸爸開心的說。「這個經驗真的很棒！我以前從來沒參加過人類的校外教學。」

「我也沒參加過。」媽媽邊說邊脫下她的螢光背心，並把背心還給櫻桃老師。「能欣賞舞蹈表演真是太開心了，他們看起來簡直跟仙子一樣！」

爸爸好像不太想脫掉他的螢光背心。

「我不曉得還要把背心還回去耶。」他失望的說。

　「我很抱歉，」櫻桃老師說。
「但這是學校的財產。」

　「我還以為你不喜歡這件背心！」媽媽驚訝的說。

　「嗯，我越穿越喜歡了嘛！」爸爸承認。「穿背心很酷欸！妳不覺得嗎？我生日時也想要一件背心當生日禮物。」

　爸爸、媽媽和我在雪中飛回家，途中也去接回甜甜花寶寶。

「我現在可以拆禮物了嗎？」當我們一進入家門，我立刻迫不及待的問。

「當然可以呀。」媽媽說著，把禮物遞給我。

我讓粉紅兔兔撕掉包裝紙，然後我們往盒子裡面望去。

「哇！！」我喊著。

塔蒂安娜‧蓬蓬赫赫有名的鑽石星星頭飾，在一團薄薄的粉紅色包裝紙上發出璀璨的光芒，像是在對我眨眼睛。我小心翼翼的把它拿出來，戴在頭上。

「你們看！」我對爸爸和媽媽說。「快看！」

「喔，我的天呀！」媽媽說。「真是太美了！」

　　「塔蒂安娜・蓬蓬實在是太好心了！」爸爸說。「莎莎，鑽石星星頭飾很適合妳！」

　　粉紅兔兔繼續在盒子裡翻來翻去，紙張沙沙作響著。當他從盒子裡跳出來時，他開心的抽動著耳朵，手裡拿著一組門票。

「是塔蒂安娜・蓬蓬下一次芭蕾舞演出的家庭套票！」媽媽說。「妳還是可以看到她的表演！」

「真的嗎？」我說，臉上綻放一個超級大的微笑。

「真的。」爸爸說。

塔蒂安娜・蓬蓬實在是太好心了，讓我覺得好想哭。

「我沒有做什麼特別的事情呀！」我說。「我只是敲了她的房門，問問她還好嗎，然後把粉紅兔兔借給他們表演而已。」

「妳這樣還是很善良呀。」媽媽說。「不是每個人都會這麼做。也許對妳而言那是件小事，但是對塔蒂安娜・蓬蓬來說，卻是天大的事——妳拯救了這場演出。」

「善良永遠是件很重要的事。」爸爸說。「不管是大大的事，或是小小的舉動都一樣。」

我和粉紅兔兔都點了點頭。

「我們會一直努力保持善良的！」我說。

「太棒了！」爸爸說。「那妳現在要不要當個善良的孩子，幫我去冰箱拿些紅色果汁？早餐時間要到了，我快餓扁啦！」

月亮莎莎

性格測驗

你ㄋㄧˇ在ㄗㄞˋ一ㄧ場ㄔㄤˇ演ㄧㄢˇ出ㄔㄨ裡ㄌㄧˇ適ㄕˋ合ㄏㄜˊ扮ㄅㄢˋ演ㄧㄢˇ什ㄕˊ麼ㄇㄜ角ㄐㄧㄠˇ色ㄙㄜˋ呢ㄋㄜ？做ㄗㄨㄛˋ個ㄍㄜˋ測ㄘㄜˋ驗ㄧㄢˋ找ㄓㄠˇ出ㄔㄨ答ㄉㄚˊ案ㄢˋ吧ㄅㄚ！

❶ 當你在大家的面前登上舞臺時，你的心情如何？

A. 我愛表演！感覺超棒！

B. 比起自己上臺表演，我比較喜歡看別人演出

C. 如果我事先準備好稿子，我就不怕！

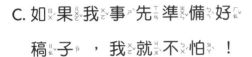

❷ 你最喜歡做什麼事？

A. 唱歌和跳舞

B. 照顧別人

C. 編故事

❸ 如果你在房間跳舞時，樓下突然傳來一聲撞擊聲，你會怎麼做？

A. 我會繼續跳舞，因為演出不能中斷！

B. 我會下樓去查看一番，試著找出聲響的來源

C. 我會編出一個故事，猜想噪音產生的原因

測驗結果揭曉！

大部分選 A：

你是一個天生的演員，在舞臺上你一定會有絕佳的表現！

大部分選 B：

你比較不喜歡成為眾人的目光焦點，但不代表你不能成為演出的一份子！你能當最棒的幕後工作人員，確保演出一切順利！

大部分選 C：

你可能對於上臺演出沒那麼自在，但你很享受編故事來讓別人表演！你能當一個編劇，在場邊觀賞自己的故事登臺演出！

所以，你適合當演員、幕後工作人員，還是編劇呢？

☐ 演員

☐ 幕後工作人員

☐ 編劇

月亮莎莎 系列 **1 ～ 4** 集可愛登場！
喜歡月亮莎莎魔法世界的你，千萬不要錯過！

快來看看莎莎跟她與眾不同的家人
又會發生什麼精彩好玩的故事吧！

月亮莎莎去上學

她媽媽是仙子,她爸爸是吸血鬼,而她自己嘛,是**仙子**也是**吸血鬼**唷!

她喜歡夜晚、蝙蝠和她漆黑的芭蕾舞衣,但她也同樣喜歡陽光、仙女棒,當然還有粉紅兔兔!

但是當莎莎準備要去上學時,她開始煩惱自己究竟屬於哪裡?她到底該去**仙子學校**,還是**吸血鬼學校**?

月亮莎莎去露營

莎莎全家去海邊露營的時候，發生了一些不太尋常的事情……

潛進五彩繽紛的海底世界、跟美人魚交朋友……
只要莎莎出現，就有特別的事情會發生！

月亮莎莎過生日

月亮莎莎

過生日

哈莉葉・曼凱斯特／文圖
黃筱茵／譯

三民書局

莎莎很愛參加人類的生日派對，現在輪到她舉辦自己的派對了！

可是莎莎的爸爸和媽媽辦的生日派對，**根本不可能和那些人類派對一樣……**

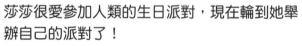

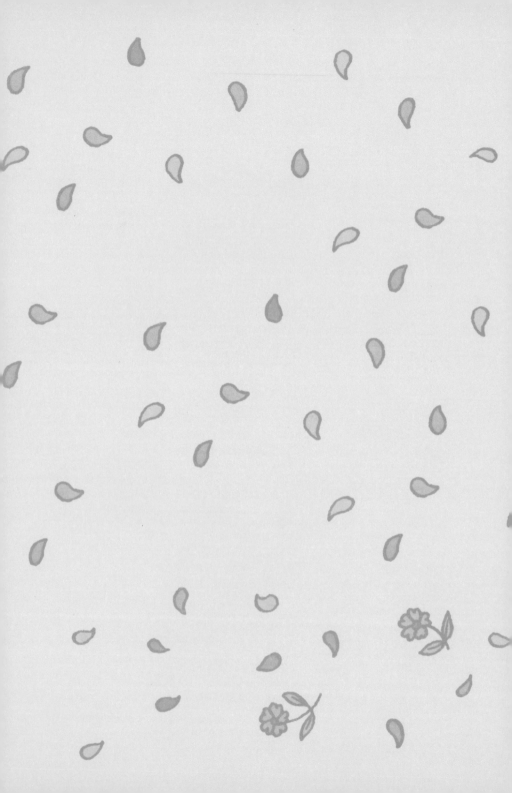

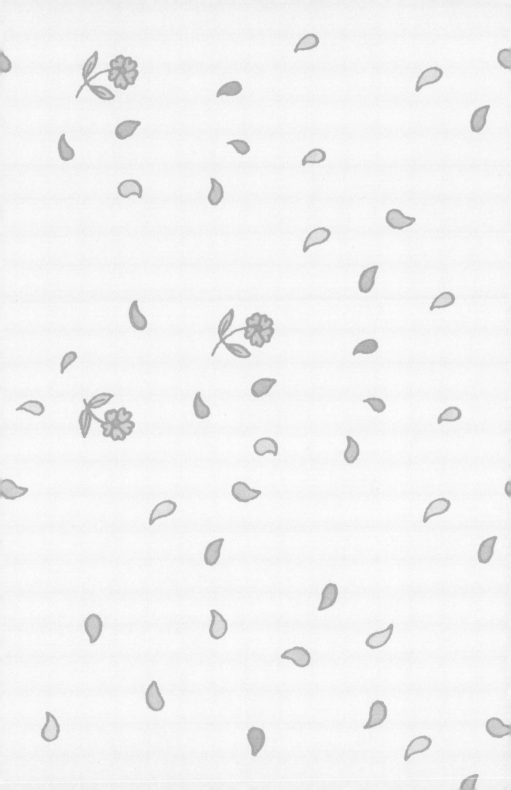